Algo bueno

Cuento de Robert Munsch
Ilustrado por Michael Martchenko

Annick Press Ltd.
Toronto • Nueva York • Vancouver

Agradecemos el apoyo a nuestras actividades de edición del Consejo para las Artes de Canadá, al Consejo para las Artes de Ontario y al Gobierno de Canadá mediante el Programa de desarrollo de la industria de edición de libros (BPIDP).

Cataloging in Publication Data
Munsch, Robert N., 1945-
  [Something good. Spanish]
  Algo bueno

Translation of: Something good.
ISBN 1-55037-683-7

I. Martchenko, Michael. II. Title. III. Title: Something good. Spanish.

PS8576.U575S618 2001   jC813'.54   C2001-930082-4
PZ73.M86Al 2001

Distribuido en Canadá por:
Firefly Books Ltd.
3680 Victoria Park Ave.
Willowdale, ON
M2H 3K1

Publicado en los EE.UU. por Annick Press (EE.UU) Ltd.
Distribuido en los EE.UU. por:
Firefly Books (EE.UU.) Inc.
P.O. Box 1338
Ellicott Station
Buffalo, NY 14205

Printed and bound in Canada by
Friesens, Altona, Manitoba

www.annickpress.com

*A Tyya, Andrew, Julie
y Ann Munsch
Guelph, Ontario*

Tyya fue a hacer las compras con su papá, su hermano y su hermana. Empujaba el carrito de una punta a la otra del pasillo, de una punta a la otra del pasillo, de una punta a la otra del pasillo.

Tyya dijo – A veces, mi papá no compra comida buena. Compra pan, huevos, leche, queso, espinaca…. ¡nada bueno! Él no compra ¡HELADO! ¡GALLETAS! ¡CHOCOLATES! ni ¡GINGER ALE!

Es así que Tyya, muy despacito se escabulló de su papá y se buscó un carrito para ella sola. Lo empujó hacia donde estaban los helados.
Luego, puso 100 cajas de helado en el carrito.

Tyya empujó el carrito hasta donde estaba su papá y le dijo – ¡PAPÁ, MIRA! Su papá se dio vuelta y gritó - ¡AH!

Tyya dijo – ¡PAPÁ, COMIDA BUENA!

- Oh, no – dijo el padre. –Esto es comida con demasiada azúcar. Te va a podrir los dientes, disminuirá tu CI. ¡VUÉLVELO a poner donde estaba!

Por lo tanto, Tyya se llevó las cien cajas de helado.
Ella iba derecho hacia donde estaba su padre, pero
en el camino, pasó justo por donde estaban los
dulces. Puso trescientos chocolates en el carrito.
Tyya empujó el carrito hasta donde estaba su
papá y dijo - ¡PAPÁ, MIRA! Su papá se dio vuelta
y dijo - ¡AH!

Tyya dijo - ¡PAPÁ, COMIDA BUENA!

- Oh, no – dijo el padre. – Esto es comida con demasiada azúcar. ¡VUÉLVELO a poner donde estaba! Entonces, Tyya se llevó todos los chocolates. Más tarde, dijo su papá – Bueno, Tyya, ya basta. Te quedas aquí parada SIN MOVERTE.

Tyya sabía que estaba en problemas SERIOS, así que se quedó allí parada, SIN MOVERSE. Unos amigos pasaron y la saludaron. Tyya no se movió. Un hombre le pisó los dedos de los pies con su carrito. Aún así, Tyya no se movió.

Una señora que trabajaba en la tienda, pasó por allí y miró a Tyya. La miró de arriba abajo y luego de abajo arriba. Golpeó a Tyya en la cabeza y aún así Tyya no se movió.

La señora dijo – Ésta es la muñeca más linda que he visto en mi vida. Parece de verdad. Le puso una etiqueta con el precio en la nariz de Tyya que decía $29.95. Luego, levantó a Tyya y la dejó en el estante con todas las demás muñecas.

Un hombre pasó y vio a Tyya. El hombre dijo –
Ésta es la muñeca más linda que jamás he visto.
Voy a comprar esta muñeca para mi hijo. Tomó
a Tyya del cabello.

Tyya gritó muy fuerte – DETÉNGASE.

El hombre gritó – ¡Ah! ¡ESTÁ VIVA!
Y salió corriendo hacia la punta del pasillo en
donde derribó una pila de quinientas manzanas.

Una señora pasó y miró a Tyya. La señora dijo – Ésta es la muñeca más linda que jamás he visto. Creo que voy a comprar esta muñeca para mi hija. La señora tomó a Tyya de la oreja. Tyya gritó lo más fuerte que pudo – DETÉNGASE.

La señora gritó - ¡AH! ¡ESTÁ VIVA! Y salió corriendo hacia la punta del pasillo en donde derribó una pila de quinientas naranjas.

Luego vino el papá de Tyya a buscar a su hija.
Él dijo - ¿Tyya? ¿Tyya? ¿Tyya?
¿Tyya? ¿Dónde estás?......¡Tyya! ¿Qué haces en
ese estante?

Tyya dijo – Es tu culpa. Tú me dijiste que no
me moviera y la gente trata de comprarme
¡UAAAAAH!

Oh, vamos! – dijo el padre. –No voy a permitir
que nadie te compre. Él le dio un beso grande y
un abrazo grande a Tyya; luego fueron a pagar
todos los alimentos.

El hombre que estaba en la caja miró a Tyya y dijo –
Oiga, señor, usted no puede sacar a esa niña de la tienda. Tiene que pagarla. Lo dice allí, sobre su nariz:
veintinueve con noventa y cinco.

- Espere – dijo el padre. – Ésta es mi hija. No tengo que
pagar por mi hija.

El hombre dijo – Si tiene una etiqueta con el precio,
tiene que pagar.

- No voy a pagar – dijo el padre.

- Tiene que pagar – dijo el hombre.
El padre dijo – ¡NNNNNNO!
El hombre dijo – ¡SSSSSÍ!
El padre dijo – ¡NNNNNNO!
El hombre dijo – ¡SSSSSSÍ!
El padre, Andrew y Julie gritaron – ¡NNNNNNO!

Luego, Tyya dijo despacito – Papá, ¿no crees que valgo
veintinueve con noventa y cinco?

Ah…eh…lo que quiero decir… Bueno, por supuesto que vales veintinueve con noventa y cinco – dijo el padre. El padre tomó su billetera, sacó el dinero, le pagó al hombre y quitó la etiqueta con el precio de la nariz de Tyya.

Tyya le dio un beso grandote a su papá, MMM-MMMUACCCCC, y un gran abrazo MMMMM-MMM, y luego dijo – Papá, finalmente, después de todo compraste algo bueno.

Entonces su papá alzó a Tyya y le dio un abrazo largo y grande y no dijo nada.

FIN

Otros títulos de Robert Munsch publicados en español:
Los cochinos
La princesa vestida con una bolsa de papel
El muchacho en la gaveta
Agú, Agú, Agú
El avión de Angela
El papá de David
El cumpleaños de Moira
La estación de los bomberos
Verde, Violeta y Amarillo
La cola de caballo de Estefanía
¡Tengo que ir!

Otros libros en inglés de la serie Munsch for Kids:
The Dark
Mud Puddle
The Paper Bag Princess
The Boy in the Drawer
Jonathan Cleaned Up, Then He Heard a Sound
Murmel, Murmel, Murmel
Millicent and the Wind
Mortimer
The Fire Station
Angela's Airplane
David's Father
Thomas' Snowsuit
50 Below Zero
I Have to Go!
Moira's Birthday
A Promise is a Promise
Pigs
Something Good
Show and Tell
Purple, Green and Yellow
Wait and See
Where is Gah-Ning?
From Far Away
Stephanie's Ponytail
Munschworks: The First Munsch Collection
Munschworks 2: The Second Munsch Treasury
Munschworks 3: The Third Munsch Treasury
Munschworks: The Grand Treasury

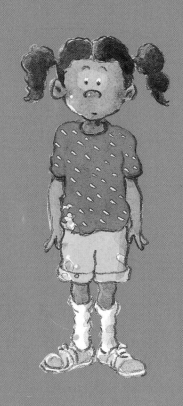